갠지스강 오 드 퍼퓸
Ganges R. EAU DE PARFUM
진주
청어

갠지스강 오 드 퍼퓸 Ganges R. EAU DE PARFUM

진주 지음

발행처 · 도서출판 **청어**
발행인 · 이영철
영　업 · 이동호
홍　보 · 최윤영
기　획 · 천성래 ｜ 김홍순
편　집 · 김영신 ｜ 방세화
디자인 · 김바라 ｜ 서경아
제작부장 · 공병한
인　쇄 · 두리터

등　록 · 1999년 5월 3일(제22-1541호)

1판 1쇄 인쇄 · 2013년 10월　1일
1판 1쇄 발행 · 2013년 10월 10일

주소 · 서울시 서초구 서초동 1595-10 봉양빌딩 2층
대표전화 · 586-0477
팩시밀리 · 586-0478

홈페이지 · www.chungeobook.com
E-mail · ppi20@hanmail.net
ISBN · 978-89-97706-84-6 (03810)

갠지스강 오 드 퍼퓸

Ganges R. EAU DE PARFUM

짜이숍에서

짜이숍이다. 나는 조금 전, 벵갈호랑이가 그려진 노트 한 권을 샀다. 짜이 한 잔을 시켜 놓고, 노트 앞표지에 힌두 신 스티커를 붙이는 중이다. 내 옆 자리에는 낯익은 사람이 어떤 기자와 인터뷰중이다. 오래 전, 돈가스(Tonkatsu)를 주 메뉴로 바라나시에서 일본 식당을 열었던 인도인 아무개다.(이름을 잊음) 그 동안 외국인들과의 활발한 교류로 지금은 상당한 실력의 디저리두(Didgeridoo) 연주자가 되었다.

기억이 난다. 나는 당시, 작은 주방에서 기름에 절어 돈가스를 튀겨내던 그의 사진을 찍었다. 동네 사람들은 고기를 취급하는 그를 탐탁지 않게 여겼다. 하지만 여행자들에게 그의 식당은 인기였다. 이제 그가 튀겨내는 바삭한 돈가스는 맛볼 수 없다. 그는 바라나시에서 유일했던 돈가스를 악기 연주로 승화시켰다. 그렇다. 시간이 껑충 뛰었다. 그렇다면 나는 지금 왜 여기서 짜이를 마시고 있는 걸까? 무슨 명분으로? 돈가스가 시사점을 던진다. 돈가스와 디저리두의 경계선상에서 잠시 혼란스러웠다. 짜이를 한 잔 더 주문한다.

2004년, 나는 인도를 취재하다가 바라나시의 엘레나 게스트하우스(Elena guesthouse)에 머물게 되었다. 글들은 그때의 경험이 바탕이다. 그 후 8년의 세월이 흘렀고 2012년 6월, 비수기의 바라나시를 다시 찾았다. 그리하여 나는 바라나시의 한 짜이숍에서 인도인들 틈에 끼어 앉아 짜이를 마시고 있는 것이다.

가만, 사실 나는 한 인간을 끈질기게 추적중이다. 그리고 그 과정은 곧 결론을 드러낼 것이다.

나는 바라나시에서 적당한 장소를 골라 글을 쓰려고 했지만, 하나도 쓸 수가 없었다. 더웠고, 자꾸 엉덩이가 들썩였고, 길을 오가다 사람들을 만나면 어느새 하루가 저물기 일쑤였다. 사실은 그래서 오늘 또 짜이를 마시러 나왔다. 마음을 다잡고 작가의 말이라도 완성하리라는 굳은 결심으로. 그런데 돈가스를 튀기던 저 친구가 유망한 디저리두 연주자가 되었을 줄이야.

짜이를 한 잔 더 마셔야 할까? 아니다. 그의 새 인생에 아낌없는 박수를 보내고, 나는 오늘 작가의 말만 완성하자. 바라나시의 짜이숍에서 완성한 작가의 말이다.

돌아와서

5살 조카가 그런다.

"고모, 인도 갔다 왔잖아요."

"인도가 뭔지 알아?"

"음…… 사람들이 걷는 길이잖아요."

그래, 나는 사람들이 걷는 길을 갔다 왔다. 무수히도 많은 사람들이 거쳐 간 그 길을 새로운 길 인양 걷다 왔다. 그렇게 걷고 또 걸어 오래된 여행담을 이제야 길어 올린다.

씨익 웃는다. 그동안 수고로웠던 나에게 바친다.

Prologue

47℃

여행자는 24시간 ATM기계 부스 안으로 들어가 에어컨바람을 쐬다가 의자에서 잠깐 졸았다.

"잠시 우리와 함께 가주시죠."

"뭐요?"

"인도 중앙 은행에서 연락이 왔소. 수상한 사람이 잠을 자고 있다고."

CCTV가 끈질기게 더위의 행방을 쫓고 있었다. 여행자는 비실거리며 순순히 차에 올랐다. 몸싸움을 기대하고 중국까지 건너가 무술을 익혀온 인도의 형사들은 맥이 빠졌다.

"당신이 47℃를 가져왔소? 바라나시가 온통 당신을 그리워하였다던데! 묵비권을 행사하겠소?"

"아뇨, 진실을 밝혀야죠. 저도 피해자에요."

"대담한 행위로군. 다른 여행자들은 시원한 곳을 찾아 북쪽으로 다 떠나고 없는데, 유일하게 당신만 바라나시에서 버티고 있으니, 참으로 이상하지 않소?"

"저는 바라나시에 도착하자마자 47℃의 폭격을 맞았죠. 왼쪽

무릎은 연골이 녹아 내렸고, 2리터짜리 물통이 없으면 외출조차 할 수 없어요. 오직 2리터짜리 물통에 의지해서 길을 나선다구요. 47℃는 지조가 대단하지요. 게다가 도무지 죄책감이 없어서 인정사정 없답니다. 바라나시 폭염의 살인행각을 체험해 보면 더위를 바라보는 시각이 완전히 달라지죠. 인내심을 가지고 정신을…… 바짝 차려야…….

그나저나, 도대체 이렇게 무더운 곳에서 제가 왜 이러고 있는 거죠? 네? 왜죠? 가족들이 너무 보고 싶어요! 엠버시(Embassy)! 엠버시!"

'흠, 쇼크 상태군. 수사가 길어지겠는데.'

심문을 하는 작은 방 천장에 팬이 돌아가고 있었다.

"짜이 한잔 하겠소?"

"아뇨."

여행자의 뒷다리와 가슴골을 따라 땀이 주르르 흘러내렸다.

(웅성웅성)

"47℃를 잡았나요?"

"날씨가 살인을 한답니다! 폭염의 살인행각에 대하여 어떻게 생각하십니까?"

"날씨를 어떻게 가둬야 할지 구체적인 대책은 있나요?"

"오늘도 병원으로 수많은 사상자가 실려 왔습니다. 수사에 진전은 있습니까?"

기자들이 바깥에 진을 치고 있었다.

"이런 제길, 누가 기사를 흘렸나? 일이 진척되는 대로 공식 기자회견을 연다고 해! 우선 급한 불부터 끄자고. 땀띠가 심한 사람들을 먼저 대피시키세."

"모공 확장으로 고통받는 사람들도 상당한데요. 완전히 입맛을 잃고 콜드 드링크(Cold Drink)와 물만 마셔 위장이 굳어버린 사람들도 거리에서 신음합니다."

"안되겠군. 도시 위급상태를 가장 높은 '간디(Gandhi)'로 선

포하고, 헬리콥터로 바라나시 전역에 일렉트랄(Electral)[1]을 뿌리게!"

풀려난 여행자는 뜨거운 피가 도는 바라나시의 뒷골목을 열띤 눈으로 바라보았다. 얼어붙은 갠지스와 눈 내린 바라나시를 상상했다. 방으로 돌아온 여행자는 큰 수건에 찬물을 적셔 온몸을 감쌌다. 2리터짜리 물통에 슬며시 몸을 기댔다.

"형편없는 하루군. 오늘은 과연 잠을 잘 수 있을까?"

---

1) 일렉트랄(Electral) : 전해질을 보충해 탈수를 막아주는 인도의 약

갠지스강 오 드 퍼퓸
Ganges R. EAU DE PARFUM

인도에 대하여 궁금하다면,

백지 상태가 되어 자신을 등불 삼아 직접 인도로 가 볼일이다.

책을 덮는 것이 이롭다.

Contents

28

저녁이 가까워지자 28은 뱃사공을 불러 강을 건넜다. 왜 지금 강을 건너냐는 뱃사공의 질문에 28은 함구했다. 가트(Ghat) 반대편은 너른 모래사장이었고, 조랑말 두 마리가 사그라지는 붉은 태양과 함께 사막 저편으로 사라져 갔다. 모래사장에서 바라보이는 가트 쪽 화장터에서는 묘연한 불씨가 타올랐다. 건물에

서 새어나오는 알록달록한 불빛은 갠지스 강에 길게 드리워져
물결을 따라 일렁거렸다.

시간이 흐르자 갠지스 강은 짙은 흑색을 띠었다. 덜 타서 버
려진 시체, 잿더미, 떠내려 온 말라 꽃, 지푸라기, 젖은 나무토막
등이 강물 위를 둥둥 떠다녔다. 뱃사공을 돌려보내고 어둑어둑
한 곳에서 28은 슬금슬금 옷을 벗었다. 달빛도 구름 뒤로 숨을
죽였다. 이내 갠지스 강에서의 은밀한 수영이 시작되었다. 28은
한 줌 재로 사라진 수많은 혼령들 속에서 조용히 물살을 가르며
팔과 다리를 휘휘 저었다.

모기

여행자들이 왕성한 호기심으로 그 나라를 대표하는 음식을 찾아다니듯, 바라나시의 모기들도 각 나라의 음식 맛보기를 즐겼다. 바라나시의 모기들은 그것을 '붉은 포도주' 라 불렀으며, 오늘은 또 어느 나라의 몇 년 산 포도주가 도착할지 한껏 기대에 부풀어 흥분에 떨었다. 하지만 병든 영혼에서 흐르는 붉은 포도주는 독약이나 다름없었다.

원래 바라나시의 모기들이 고수하던 식습관의 전통은 참으로 신성하고도 보기 드문 것이었다. 막 화장터에 도착한 현자의 미지근한 포도주를 마시고, 떨어진 말라 꽃잎에 걸터앉아 브라만이 읊조리는 만트라(Mantra)를 조용히 경청했다. 그리고 화장이 끝나 재가 뿌려지면, 태양을 등지고 두 손을 모아 갠지스 강에 여러 번 입을 헹구었다. 이것이 그들의 허기진 배를 채우는 신성한 의식이자, 신께 이르는 깊은 감사의 기도였다.

그들의 영혼은 깨끗이 정화되었다. 모기의 운명을 초월한 경이로운 삶이 이 땅의 어머니, 갠지스의 품안에서 오래도록 이어졌다. 하지만 시간이 흐르자, 이들은 바라나시로 밀려드는 전 세계의 붉은 포도주에 열광했다. 모기들의 탐닉은 깊어져만 갔다.

시바(Shiva) 축제가 시작되었다. 갠지스 강에는 사람들이 소원을 기원하며 띄운 꽃등이 하늘의 별들처럼 아름답게 수를 놓았다. 힌두사원은 화려한 꽃 장식과 사람들로 넘쳐났다. 거리 곳곳에서는 음악소리와 종소리가 끊이질 않았다. 길게 줄을 늘어 선 사람들은 환각 성분이 들어간 뱅라씨(Bhang Lassi)를 마시고 들떠 조금은 과격해져 있었다. 드디어 온갖 장신구로 치장한 코끼리의 행렬이 시작되었다.

모기들은 거대한 축제행렬을 구경 나온 사람들의 옷을 뚫고 너도나도 맹렬하게 달려들었다. 축제는 최고조에 달했다. 모기들은 붉은 포도주를 잔뜩 마시고, 코끼리의 옆구리에 달라붙어 밤새도록 축제를 즐기며 흥청거렸다.

촘촘한 모기장에 오직 단 한 마리의 모기의 출입이 허락되었다. 모기는 가부좌를 틀고 있는 아름다운 여인의 팔 위로 날아가 앉았다. 모기는 포도주를 얻기 위해 혈관을 찾지 않았고, 그녀 또한 손바닥으로 모기를 내리치지 않았다. 그들은 아무 말 없이 서로를 알아차렸다. 모기는 가만히 있다가, 드문드문 팔 이쪽저쪽으로 자리를 옮길 따름이었다.

"정말 궁금합니다. 이국 땅의 모기의 삶이란 어떤가요? 저는

인도의 현란한 축제도, 세계에서 몰려드는 달콤한 붉은 포도주도 더 이상 관심이 없어요.”

모기는 새벽마다 보트(Boat)에 올라타 갠지스 강에서 벌어지는 천태만상의 일들을 관찰했다. 낮에는 뜨거운 태양을 피해 지붕 위의 그늘에서 원숭이들과 즐겁게 이야기를 나눴다. 하지만 원숭이들의 관심사는 오직 멍청한 여행자들로부터 쟁취할 싱싱한 바나나였다. 모기는 슬픈 얼굴로 되돌아왔다.

밤이면 발코니로 나가 화장터의 꺼지지 않은 불씨를 물끄러미 바라보았다. 모기는 우파니샤드(Upanisad)와 바가바드기타(Bhagavad-Gita), 베다(Veda)에 통달했으며, 매일매일 모기장 안으로 들어가 타고르(Tagore)의 기탄잘리(Gitanjali) 한 구절을 그녀에게 들려주었다.

어느 날 저녁, 외국인 두 명이 수많은 인파를 뚫고 가트(Ghat)로 내려갔다. 아이에게 꽃등을 사고 있었다. 모기는 푸자(Puja)가 진행되는 소란스러운 틈을 타서 그들이 갠지스 강에 띄운 꽃등에 성급히 올라탔다. 함께 산책을 나온 모기들이 놀라 소리쳤지만, 모기는 있는 힘을 다해 난간을 꼭 붙들었다. 하지만 얼마 못가서 비바람을 만났고, 죽음의 문턱을 넘나들다 다시 바라나시로 돌아오고 말았다. 모기의 도전은 처참하게 무산되었다.

그날 이후, 모기는 숙소를 찾아 온 여행자들이 단단히 쳐놓은 모기장 밖에서 때를 기다렸다. 문틈 사이에 더듬이를 고정하고 모든 이야기에 귀를 기울였다.

"방 있습니까? 며칠만 묵어가고자 하는데……."

실오라기 하나도 걸치지 않은 나체의 노인이 낡은 주전자와 공작새의 푸른 깃털을 들고 게스트하우스의 입구에 들어섰다. 주인장은 굽실거리며 선뜻 특실을 내어주었다. 모기는 그가 안내될 때를 기다렸다가 다른 모기들과 함께 우르르 방으로 몰려들어갔다. 노인은 빗자루 같은 작은 털채를 들고 안간힘을 썼다.

길게 자란 머리털과 콧수염은 손으로 잡아 뽑았고, 이빨은 닦지 않았으며, 비누도 사용하지 않았다. 몸이 불편할 때는 몇 가지 아유르베다(Ayurveda) 요법으로 스스로를 치료했는데, 그의 붉은 포도주는 실로 독특한 풍미가 났다.

"오, 천국이로다!"

모기는 눈물을 흘리며 감격했다. 하지만 시간이 지날수록 모기는 완전히 입맛을 잃고 말았다.

"그러니까, 밥맛이 뚝 떨어졌다 이 말입니다. 자이나교(Jainism)의 선각자는 우리들이 달려들어도 꿈쩍하지 않고 두 팔을 벌려 모든 걸 내주었죠. 온몸이 퉁퉁 부어올라도 이상한 주문을 외우며 남의 일처럼 초연했어요. 그의 방 안에서 저는 완전히 절망했습니다. 아무런 위협도 없고 너무나 평화로운 삶에 금방 싫증이 나고 말았죠. 넓은 발코니와 에어컨이 딸린 좋은 방도 마다하고, 숨을 헐떡거리며 밖으로 뛰쳐나왔어요!"

다음 날, 카주라호(Khajuraho)에서 온 한 쌍의 남녀가 구석진 작은 방을 원했다. 원숭이와 노닥거리던 모기는, 새로 온 여행자들의 방 창가에 앉아 구겨진 날개를 꿰매고 손질했다. 이들은 식음을 전폐하고 모기장 안에서 한 발 짝도 나오지 않았다. 방 안에는 탄트라(Tantra)와 카마수트라(Kama Sutra) 수행법 책들이 잔뜩 널려 있었다.

"뜬눈으로 밤을 꼬박 새웠어요. 말로만 듣던 카마수트라를 두 눈으로 똑똑히 보았다니까요! 오, 그들에게서 발현되는 아우라는 공포였어요. 교성을 지르는데도 신중했죠. 저는 고도의 금욕과 시공을 초월한 통찰력, 성애(性愛)를 통해 삶을 관통하는 방법을 발견하고는 무한한 기쁨을 느꼈습니다."

모기는 그 길로 은둔한 요기(Yogi)를 찾아갔다. 요가센터를

돌고, 산 속 동굴에 들어가 명상과 고행을 반복했다. 모기는 박
쥐에게 쫓겨 목숨을 잃을 위기를 여러 번 넘겼다. 그 후 모기는
힌두성지를 떠났다. 비하르(Bihar) 지방으로 향한 모기는, 영취
산에 올라가 연꽃 한 송이를 손에 들어보았다. 보드가야
(Bodhgaya)의 보리수나무 아래도 앉아보고, 쿠시나가르
(Kushinagar)로 가서 두 그루의 사라나무 사이에 몸을 뉘어보기
도 했다. 이후 모기는 펀자브(Punjab) 지방에 정착하였다. 긴 머
리를 꼬아 머리에 터번(Turban)을 쓰고, 구르무키(Gurmukhi) 문학
에 심취하였다. 모기는 사막에서 점성술사를 만났다. 점성술사의
긴 수염에 달라붙어 별자리의 움직임을 따라 신속하게 움직였다.
각 마을의 족장과 원주민을 만나 그들의 무속신앙과 전통을 마음
속 깊이 받아들였다. 이윽고 모기는 한 모스크(Mosque)에 다다랐

다. 카왈리(Qawwali)가 울려 퍼지고 있었다. 모기는 예언자 무함마드(Muhammad)를 찬양하며 무릎을 털썩 꿇고, 코란(Koran)에 입을 맞췄다. 그리고 온 힘을 다해 소리쳤다.

"전지전능하신 알라!"

모기는 에고(Ego)의 무덤을 상징하는 원통 모양의 낙타 털모자를 머리에 쓰고, 제자리에서 빙글빙글 돌았다. 날개가 떨어져 나가는 것도 모르고 수피 춤(Sufi whirling)의 무아지경에 빠져들었다.

바라나시로 돌아온 모기의 허기짐은 끝이 없었다. 모기는 인내심을 갖고, 게스트하우스를 찾아오는 여행자들의 모기장에 들어가 그들의 팔 위에 앉았다. 그리고 자신의 모든 경험을 쏟아내며 질문과 사색을 거듭했다. 하지만 사람들은 모기장보다 두터운 장막으로 속내를 감추는데 능했다. 그렇더라도 이제 모기는, 붉은 포도주의 오염 정도를 단번에 알아보았다.

"나의 동족 모기들이여! 타국에서 밀려드는 붉은 포도주는 정말이지 잘 가려서 먹어야 합니다. 잘 숙성된 듯 보이지만, 알고 보면 오염의 정도가 심각해요. 이미 우리 모기들의 피해가 엄청남이 증명되지 않았습니까?"

모기는 이야기를 마치며 훌쩍거렸다. 하지만 바라나시의 모기들은 붉은 포도주에 깊이 중독되었다. 목숨을 건 광폭한 습격을 그칠 줄 몰랐다.

게스트하우스에 새로운 붉은 포도주가 도착했다. 정보를 입수한 엄청난 모기 떼가 새 주인을 맞이할 방안에 모여들었다. 하지만 아무리 기다려도, 새 포도주의 향긋한 냄새는 풍기지 않았다. 껌뻑! 순간 방안은 암흑. 돌아가던 천장의 팬마저 뚝, 멈췄다.

"정전이다!"

당황한 모기들은 한 발짝도 움직일 수가 없었다. 밤새 방안에는 이상한 연기가 자욱하게 피어올랐다. 모기들은 신음하기 시작했다. 몸을 비틀며 바닥으로 우수수 떨어져 내렸다.

바라나시에 오직 단 한 마리의 모기가 살아남았다는 소문이 돌았다. 아름다운 여인은 여전히 흐트러짐 없이 모기장 안에서 가부좌를 틀고 있었다. 모기 한 마리가 감격에 겨워 그녀의 모기장으로 들어갔다.

"저…… 기억하십니까?"

"아무렴, 그런데 홀로 남아 뭘 하려고?"

꼿꼿한 허리

꼿꼿한 허리는 인도 여인을 졸졸 따라다녔다. 온 몸에 화려한 장신구를 단 인도 여인의 뒤를 쫓는 일이 꼿꼿한 허리의 일과였다. 때로는 놓칠까 봐 허겁지겁 길거리 음식을 먹었고, 무작정 장신구만 보고 걷다가 길을 잃기도 했다. 꼿꼿한 허리는 허리가 구부러지지 않았다. 그래서 인도 여인의 발목이나 발가락에 달려있는 장신구는 제대로 볼 수가 없었다. 그것을 보려면 인도 여인과 상당한 거리를 유지해야 했다.

앞서가던 인도 여인이 향신료 가게 앞에서 발걸음을 멈췄다. 각양각색의 향신료가 작고 투명한 유리병에 담겨 찬장을 가득 메웠다.

"오, 아름다워라. 찬장의 향신료를 모두 보여주세요!"

가게 주인은 여러 가지 향신료를 죽 늘어놓고, 큰 소리로 떠들며 뚜껑을 열었다 닫았다 했다. 이국적인 향취가 공기 중에 뒤섞였다. 길을 가던 사람들과 거리의 소, 양, 돼지, 동네 개, 파리들까지 향신료 가게로 모여들었다. 하지만 마법의 향신료도 인도 여인의 화려한 장신구에 비할 건 아니었다.

"짤랑!"

수십 개의 뱅글(bangle)이 인도 여인의 가느다란 팔목으로 흘러내렸다.

꼿꼿한 허리는 가트(Ghat)에 앉아 장신구에 대한 깊은 명상에 빠졌다. 귀, 목, 팔목, 발목, 손가락, 발가락, 코…… 신체부위 하나하나를 주시하며 장신구 모양을 심사숙고 했다. 꼿꼿한 허리는 완전히 새로운 시각이 열렸다. 깊은 삼매(三昧)에 들어 장신구의 모든 모양을 선입견 없이 받아들였다. 그녀는 더 이상 온몸에 장신구를 단 인도 여인을 뒤쫓지 않았다. 이제 틈만 나면 시장으로 향했다. 지역 곳곳의 장신구 가게를 헤집고 돌아다녔다.

　꼿꼿한 허리는 귓바퀴 전체를 감싸고 귓불로 떨어지는 귀걸이를 선호했다. 인도 고대 왕실의 권위와 고전미의 극치였다. 색색가지의 뱅글은 그녀의 가녀린 양 팔을 감쌌다. 콧등 위의 정교한 금세공품은 햇살에 반짝거렸다. 하지만 인도의 무용수들이 카다크(Kathak) 춤을 출 때 발목에 묶고 흔드는 궁그루(Ghungroo) 발찌만큼은 미련 없이 포기해야 했다. 그것은 인도의 장신구 중 미학적으로 가장 뛰어났지만, 꼿꼿한 허리는 여전히 허리가 구부러지지 않았다.

"챙! 챙! 챙! 짤랑! 짤랑!"

장신구들이 부딪히는 소리가 점점 가까워졌다. 상인들의 얼굴이 금세 환해졌다.

"보홋 망가 헤!(너무 비싸요!)"

"페사 네히 헤!(돈이 없어요!)"

"보홋 아차 헤!(아주 좋아요!)"

꼿꼿한 허리는 오직 이 세 가지의 힌디어와 온 몸의 아름다운 장신구를 정신없이 짤랑 거리며 인도의 상인들과 스스럼없이 거래를 시도했다. 시장 바닥이던, 커다란 상점이던 거래는 매번 아주 성공적이었다. 하루라도 그녀가 보이지 않으면 상인들은 침울해하며 단 과자를 찾았다.

수천 개의 귀걸이에 꼿꼿한 허리의 귓볼은 축 늘어졌다.

턱까지 차오른 목걸이는 그녀의 얼굴을 점점 하늘로 밀어 올
렸다. 양 팔은 팔목부터 겨드랑이까지 뱅글로 꽉 차올랐다. 꼿
꼿했던 그녀의 허리가 구부러지기 시작했다. 그리고 땅바닥에
머리를 처박고 그대로 주저앉고 말았다.

설사병에 관한 미흡한 언급

"설사병에 관하여 함께 토론할 수 있다니 정말 다행입니다. 어떻게 설사병에 걸렸는지 설명해 줄 수 있나요?"

"그러니까, 점심을 먹고 돌아왔더니 바나나 라씨(Lassi) 한 그릇이 방에 배달되었죠. 사실 늘 제가 먹던 환상적인 디저트에요. 한 술 떠서 입으로 가져가는 순간, 뭔지 모를 꺼림칙한 기분에 잠시 주춤했죠. 하지만 무시했어요. 후훗, 식사 후 저의 낙이랄까? 뿌리칠 수가 없었죠."

"아, 저는 설사병이 왜 걸렸는지 알 수가 없는데, 당신은 원인을 정확히 알고 있군요. 걱정 말아요. 저보다 빨리 설사병에서 해방되리라고 확신합니다."

설사5는 점잖게 이야기했다.

"고마워요, 읍…… 잠시 실례!"

설사 11은 넘어질 듯 방문을 열고 뛰쳐나갔다. 마당의 화장실에서는 미세한 진동과 함께 천지를 뒤흔들듯 엄청난 소리가 났다. 방에서 잠을 청하던 사람들은 망연자실했다. 그들은 모두 설사병에 시달렸다.

'맙소사! 작은 동양여자의 몸에서 저렇게 무시무시한 소리가 나다니!'

옆방의 설사 12는 침대에 누워 몸서리쳤다.

"휴, 죄송해요. 제 방안에는 화장실이 없어서요."

"이해합니다. 여기는 모두 설사병에 걸린 사람들뿐인데요. 초초해하지 말고 편안하게 생각하세요. 긴장하면 설사병이 더 자주 도집니다."

"사려 깊기도 하셔라!"

설사 5도 마당의 화장실에 잠시 들렀다가 자신의 방으로 되돌아갔다.

다음날, 설사 11은 인도인 비키 가족의 약국 개업식에 초대를 받았다. 새로 문을 연 약국은 작고 아담했다. 약국 천장에 늘어진 알록달록한 점멸등은 크리스마스트리를 연상케 했다. 비키의 가족은 편한 의자를 내어주고, 은쟁반에 짜이 한잔과 달콤한 쿠키를 가득 담아 왔다. 동네 사람들이 모여들어 금세 떠들썩해졌다. 번잡한 곳으로의 나들이는 잠시 설사병의 악몽을 잠재웠다. 하지만 망할! 복통과 고열이 다시 도지기 시작했다.

"설사······ 약······ 하나······ 주······ 세욧!"

설사 11은 약국 앞에서 푹 꼬꾸라졌다.

설사 11은 침대에 눌러 붙었다. 증상이 점점 심해지고 있었다. 그녀의 침대 곁에 설사병에 걸린 사람들이 모여 앉았다.

"가장 먼저 회복할거라고 생각했던 설사 11이 이렇게 되다니!"

설사5는 슬퍼했다.

"설사 11! 밤마다 당신을 혐오했던 저를 용서하세요. 기운을 차리고 무슨 말이라도 해보란 말입니다!"

설사 12는 울부짖었다.

"⋯⋯⋯⋯⋯⋯설사병은⋯⋯ 정직합니다. 증상을 다른 것으로 위장하지 않아요. 복통을 동반한 설사, 고열, 탈수증⋯⋯ 그저 있는 그대로 숨김없이 보여줍니다. 하지만 설사병의 솔직함에, 오히려 사람들은 혼란스러워 합니다. 꾸미지 않은 모습은

가히 충격적이거든요. 인도에서 장기간 설사병에 걸린 사람들은 설사병의 진실에 버거워 합니다. 저 또한 그랬고요. 하지만 우리는 설사병을…… 교훈삼아야 합니다…….”

설사병에 걸린 사람들은 눈물을 흘렸다. 게스트하우스의 주인장은 숙소에 묵고 있는 여행자들의 성화에 유명한 점성술사 한 명을 대동시켰다. 점성술사는 설사 11의 손금과 창밖의 하늘을 번갈아 쳐다보았다.

“방법이 있습니다. 해가지면 물 한 동이를 들고 갠지스 강을 건너세요. 거기서 별 하나가 당신을 인도할겁니다.”

설사 11은 거절했지만, 여행자들은 눌러 붙은 그녀를 침대에서 떼어냈다. 서둘러 뱃사공을 불러 배에 태웠다. 설사 11은 사막에 홀로 남겨졌다. 시야가 흐려왔다. 몇 발짝 걷다가 물동이 옆에 그대로 쓰러지고 말았다.

"메에에에에에……."

설사 11이 눈을 뜬 곳은 작은 헛간이었다. 지푸라기 위에 누워있었고, 염소 한 마리가 그녀를 신기한 듯 바라보았다. 문이 열리고, 인도 여인이 물동이를 들고 들어왔다. 아무 말 없이 물동이를 들고 따라오라고 손짓했다. 바깥은 어둑어둑 했고, 물동이를 든 긴 행렬이 어딘가로 향하고 있었다.

한참을 걸었다. 사막 깊숙한 곳에서 긴 행렬이 멈춰 섰다. 그들은 각자 뿔뿔이 흩어졌다. 설사 11은 자리를 잡고, 물동이 옆에 가만히 앉았다. 눈앞에는 막막한 모래사장이 끝없이 펼쳐져 있었다. 깊은 회환이 밀려들었다. 그 동안의 모든 여정이 낱낱

이 떠올랐다.

'그래, 달콤한 바나나 라씨를 과도하게 먹었지. 그때는 참을 수가 없었어.'

설사 11은 설사병의 실체를 인정하고, 처참하게 망가진 자신을 온전히 받아들였다. 사막 한복판에서 설사병과의 독대는 그녀에게 엄청난 자각을 주었다. 가슴이 벅차올랐다. 깊은 사막에 거대한 태양이 떠오르고 있었다.

설사 11은 돌아오지 않았다. 점성술사의 명성은 순식간에 땅으로 떨어졌다. 게스트하우스의 주인장은 방을 빼야겠다며, 직원을 시켜 그녀의 짐을 정리시켰다. 그녀는 매일 새벽, 동이 트기 전에 마을 사람들과 물동이를 들고 깊은 사막을 찾았다.

물동이를 든 긴 행렬 속에 낯익은 얼굴이 보였다. 한 남자가 물동이를 들고 비틀거리며 그녀에게 뛰어왔다.

"오, 설사 11! 살아있었군요! 물 한 동이를 들고 갠지스 강을 건넜었지요? 그래, 소기의 목적은 달성하셨소? 그러니까 내 말은 휴지를 사용하지 않고……."

설사 5는 두 눈을 반짝거렸다.

"네, 인도인들의 풍습대로."

11호 - 광장애호증

모택동은 글을 쓰다가 간혹 우울해지는 병에 걸려 인도에 왔고, 순다리는 인도를 취재하라는 잡지사의 명령에 굴복해 인도에 왔다.

모택동은 인도에 오기 전, 문인들의 모임에 참여하였다. 모택동의 개성과 마르지 않는 영감의 원천을 부러워한 작가들은, 질투심을 삭히며 그녀의 동참을 거들었다. 하지만 모택동은 다 된 밥에 코를 빠뜨렸다. 모임 불참. 인도 행 티켓을 끊었다.

순다리는 인도에 오기 전, 히말라야 트레킹 이야기를 쓴 여행 에세이를 들고 수많은 출판사를 찾아다녔다. 그 결과, 4곳의 출판사에서 관심을 보였다. 그러나 첫 번째 출판사는 네팔 지역의 책을 내면서 새로운 정보를 캐내는데 목적이 있었고, 두 번째 출판사는 히말라야를 한 번 더 갔다 오라며 무리한 요구를 했다. 하지만 세 번째 출판사는 순다리의 기분을 한껏 고양시켰다. 채식주의자인 편집장이 자연 친화적인 내용의 원고에 지대한 관심을 보인 것이다. 순다리는 편집장과 즐겁게 책에 관한 이야기를 나눴다. 하지만 며칠 후 회의 결과 전 직원의 반대가 있었다며 거절 의사를 통보했다. 네 번째 출판사는 책을 내보자며 두서없이 원고정리를 시작했다. 하지만 계약도 없이 왈가왈부! 결국 깔끔히 무산되었다.

이들이 방을 같이 쓰게 된 계기는 순전히 제비뽑기 때문이다. 그때까지 이들의 교류는, 아잔타(Ajanta) 석굴에서 시골마을로 이동하는 버스 안에서 잠깐 몇 마디를 나눈 것뿐이다. 마을에 도착하자마자 숙소배정을 위한 제비뽑기가 있었다. 모택동과 순다리는 마을에서 가장 열악한 집에 배정되었다. 이들은 주인

이 내어준 곳간에서 염소와 함께 잠을 청했다. 그 밤 이후, 둘은 엉겁결에 남은 여정을 함께하는 룸메이트가 되었다.

둘의 공통점이라면, 광장애호증이 있다는 것이다. 늘 방문을 열어놓았고, 모든 사람들이 수시로 드나들었다. 방 안의 빨래 줄에 걸어놓은 모택동의 브래지어 하나가 없어진 것을 제외하면, 바라나시를 떠날 때까지 도난사고는 없었다.

　"브라자! 내 브라자 어디 갔어!"

　원숭이 한 마리가 입을 가리고 지붕 위에서 키득거렸다.

　게스트하우스의 주인장인 비제이는 맥주 한 병을 가지고 매일 방에 들렀다. 소소한 하루일과가 파란만장해지다가 결국은 자신

의 하소연으로 끝이 났다.

"오, 엘레나(Elena)!"

비제이는 이태리에 사는 엘레나가 보고 싶다며 울부짖더니, 언제 그랬냐는 듯 홀연히 사라져버렸다. 숙소 직원들도 눈치껏 쉬어갔다. 여행자들은 한바탕 수다를 떨며 내킬 때까지 머물렀다. 다른 숙소의 여행자들도 이방을 들락거렸다. 이 방에서는 한동안 스페인 마사지사의 어설픈 시술도 이루어졌다. 열린 문으로 더위 먹은 원숭이들이 들이닥쳤다. 럭키(Lucky)라는 검은 개, 도베르만도 끈만 풀면 곧장 방으로 뛰어들어왔다. 충직하게 문 앞을 지키는가 싶더니 금세 곯아떨어졌다. 인도음악을 공부하는 장기 체류자들이 수업을 마치고 돌아왔다. 뜬금없는 연습과 형편없는 공연이 11호에서 막을 올렸다. 사람들이 기웃거리며 방으로 기어들어왔다. 좁은 방안은 미어터졌고, 밤새 게스트하우스는 들썩거렸다. 그야말로 프랑스풍의 응접실 하나 없는 바라나시의 단출한 살롱(Salon)인 셈이다.

“미친 귀걸이(Crazy Earring)!”

제임스는 순다리를 보자마자 어깨까지 내려온 귀걸이를 보고 이렇게 부르짖었다. 순다리 또한 그날부로 제임스를 ‘미친 제임스' 라고 불렀다. 제임스는 옷 가게에서 처음 만났다. 어머니의 옷을 고른다며 체구가 비슷한 모택동에게 대신 입어봐 주기를 간청했다.

몇 마디 오가지 않았으나, 가게 안의 사람들과 미친 듯이 웃었고, 그날 이후 제임스는 11호의 내방객이 되었다.

제임스는 바라나시를 떠나기 전날, 저녁 배를 타고 갠지스 강을 건너자고 했다. 순다리는 거절했고, 모택동은 따라나섰다.

순다리는 인도인 비키네 집에서 늦은 저녁을 먹고 TV를 본 뒤 게스트하우스로 돌아왔다. 늦은 밤, 11호 침대 한구석의 모택동의 노트에는, 아일랜드 보이를 주제로 한 시 한 편이 탄생했다. 갠지스 강이 거꾸로 흐르기 시작했다. 무게를 잃은 망령들이 세상모르고 곯아떨어졌다. 다음날 아침, 제임스는 문을 박차고 방안으로 뛰어 들어와 털썩 무릎을 꿇었다. 모택동은 미친 제임스와 어딘가로 훌쩍 떠나버렸다.

이빨이 다 빠진 뱃사공이 만인에게 개방된 광장, 11호를 찾아왔다. 방안의 럭키가 사납게 으르렁거렸다.

"럭키, 앉아!"

순다리는 찾아온 손님을 극진히 대접했지만, 뱃사공은 자리에 앉지도 않았다.

"저는 배를 탄 적이 없는데…… 잘못 찾아온 것 같아요."

순다리는 조용히 말했다. 하지만 뱃사공은 꿈쩍도 안했다. 뭔가 설명이 장황했다. 빠진 이빨 사이로 쉭쉭 소리가 났다. 발음이 새서 무슨 말인지 알아들을 수조차 없었다.

가만히 듣고 보니, 그가 설명한 인물은 아일랜드 보이, 제임스였다. 뱃삯이 없다며 엘레나 게스트하우스 11호를 알려줬다고 했다.

"미친 제임스……."

순다리는 중얼거렸다. 뱃사공에겐 운이 나쁜 날이다. 럭키는 계속 으르렁거렸고, 순다리는 끝내 뱃삯을 주지 않았다.

이제 만인을 향해 열렸던 광장의 문도 굳게 닫혔다. 모택동이 떠난 11호는 도마뱀 가족과 순다리만 남았다. 하루를 마친 순다리는 처음으로 잡지에 실을 글 몇 자를 써내려가 보았다.

'걷기에 서툰 아기 도마뱀이 비명을 지르며 주르륵 벽에서 굴러 떨어졌다. 정신 나간 도마뱀이 허둥지둥 얼굴을 밟고 지나가는 밤이다.'

3호 - 프랑스식 정찬[2]

아페리티프 (Apéritif)

라비는 더 이상 바게트(Baguette)를 먹지 않는다. 오랜 동안 동양으로의 여행은 그의 식성을 바꿔놓았다. 그는 젓가락으로 면을 들어 올려 묘기를 부렸고, 찰기가 없어 날아다니는 안남미를 즐겼다. 라비는 3호에 짐을 풀었다. 그리고 기욤아폴리네르(Guillaume Apollinaire) 책을 들고 게스트하우스의 문턱에 앉았다.

"안녕, 미라보 다리!"

한 여행자가 건넨 인사에 라비는 미소 지었다.

오르 되브르 (Hors d´œuvre)

라비의 배낭은 간소하다. 휴대용 해먹(Hammock), 룽기(Lungi), 약간의 옷가지, 모자, 세면도구, 소형 리코(Ricoh) 사진기, 몇 권의 책이 전부다. 마치 당일 나들이를 나온 사람처럼 짐을 최소화한 배낭은 작고 알차다. 라비는 동남아시아 지역의 허리에 감아 발목까지 내려오게 입는 '룽기'를 애용한다. 천 하나로 된 옷을 때론 커튼으로, 샤워 후 가운으로, 잠옷으로, 스카프로. 어느 것이던 한 가지 물건을 다용도로 활용했다.

앙트레 (Entrée)

라비는 평소 담배를 피우지 않는다. 라비가 사는 파리의 작은 플랫(Plat)도 금연구역이다. 하지만 여행을 할 때만은 예외다. 그가 여행 중이라면, 달콤한 맛이 진하게 우러나는 인도네시아 담배로, 입안에서 살살 녹아내릴 기가 막힌 도넛을 만들어낸다.

뻘라 프랭시빨(Plat principal)

라비는 저녁을 먹으러 한 식당을 찾았다. 주인장과 반갑게 인사를 나눴다. 이번엔 예약손님이 많아 방이 꽉 찼다고 했다. 라비는 상대방이 어깨에 두른 스카프를 옷걸이에 걸어주었다. 전망이 좋은 곳으로 자리를 살펴 의자를 빼 주었다. 인도 음식을 주문했다. 와인을 마시듯 물 잔을 들었다.

살라드(Salade)

라비는 리코 사진기를 챙겨 인도의 축제를 보러 나갔다. 거리로 쏟아져 나온 수많은 인파에 일행이 뿔뿔이 흩어졌다. 그는 발걸음을 옮겨 조용한 가트(Ghat)를 따라 걸었다. 갑자기 원숭이 흉내를 냈다. 그리고 가트에 앉아 구당 가람(Gudang Garam)

을 뻐끔거렸다. 가무잡잡한 피부의 헤어진 애인이야기를 했다. 파란 눈이 가늘어졌다. 몰루카(Molucca) 섬의 정향 냄새가 났다.

프로마쥬(Fromage)

라비는 해먹을 묶을 두 개의 기둥을 찾았다. 모처럼 만에 한가로운 시간이다. 학원 강사와 예비 의사가 길을 떠났다. 스페인에서 온 마사지사는 의자에 앉아 뜯어진 배낭을 바느질했다. 알레는 악기 연습을 했고, 게스트하우스 직원들은 빨래를 했다.

데세르(Dessert)

라비는 바라나시에서 콜카타(Kolkata)로 가는 방법을 설명중이다. 약도를 그렸고, 알아듣기 쉬웠다. 작은 산악 기차를 타고 다르질링(Darjeeling)의 차 밭으로 가는 경로도 아름답다고 했다. 문이 없어 바깥 풍경이 훤히 보이는 낡은 기차는, 달릴 때마다 덜거덕거린다고 했다. 볼펜으로 한 장소를 지정하더니 거기서 만나자고 했다. 게스트하우스 직원이 빈 방 3호를 청소하기 시작했다.

프뤼 (Fruit)

라비는 다니던 회사를 그만두고 친구들과 새로운 회사를 만들었다. 모바일을 이용한 일종의 벤처회사였다. 일 때문에 독일과 뉴욕, 캐나다로 출장을 갔다 왔다. 분주한 몇 년이 흘렀다.

까페 (Café)

라비는 인도를 자주 찾는다. 작년에는 로얄 엔필드 불렛 (Royal Enfield Bullet)을 타고 인도서부 라자스탄(Rajasthan)의 시골길을 달렸다. 친절한 사람들을 만났고 테라코타(Terracotta) 사원이 눈부셨지만, 항상 그의 일정은 바라나시를 거친다. 바라나시의 많은 것들이 변했다. 엘레나 게스트하우스도 옛 정취를 잃었다.

디제스띠프 (Digestif)

라비는 요즘 회사 운영자금을 모은다. 유럽은 재정위기에 처했고, 그는 그것을 고통스러운 과정(Painful Process)이라고 표현했다. 라비는 모른다. 수년 전 인도에서 만난 여행자가 쓴 글에 자신이 등장하는지를. 그는 일상의 틈을 쪼개어 여행 가방을 꾸린다. 또 어느 얼빠진 여행자가 쓸 이야기의 한 부분에 등장하기 위하여.

---

2) 전통적인 프랑스 가정요리: 아페리티프(Apéritif) → 오르되브르(Hors d´œuvre) → 앙트레(Entrée) → 뿔라 프랭시빨(Plat principal) → 살라드(Salade) → 프로마쥬(Fromage) → 데세르(Dessert) → 프뤼(Fruit) → 까페(Café) → 디제스띠프(Digestif)

4호 - 크리스의 방

크리스는 영국의 윔블던(Wimbledon) 경기장 옆에 살았다. 어느 날, 롤링스톤즈(Rolling Stones)의 '페인트 잇 블랙(Paint it black)'을 들었고, 시타르(Sitar)를 배우러 인도에 정착한지 오래다. 큰 키, 배싹 마른 몸, 반투명 피부, 얇은 은갈색 머리카락. 크리스는 매일 시타르 수업을 받으러 어딘가로 나갔다 왔다. 천 가방에 도티(Dhoti)를 두르고 조리신발을 신었다.

점심을 먹으러 간간이 비제이의 집에도 들렀다. 게스트하우스의 주인장인 비제이의 부인이 그가 주문한 특별 음식을 준비했다. 외출했다 돌아오는 길에는 그의 천 가방이 불룩해졌다. 원숭이 퇴치용 장난감 총, 오렌지 주스, 캐러멜, 막대사탕, 베란다에 놓을 화분 두 개, 쥐 덫, 코코넛 향, 해시시(Hashish), 타바코(Tobacco) 등 알뜰살뜰 장을 보고 돌아왔다.

크리스의 방은 고풍스럽다. 작은 화장실이 딸려 있고, 아담한 테라스는 갠지스 강이 내려다보인다. 방 한

가운데의 제단은 체스(Chess)판 같다. 다양한 모양의 힌두 신 조각상과 향꽂이가 전진을 기다리는 말처럼 규칙적으로 배열되었다.

크리스는 방을 꾸미는데 온갖 정성을 들였다. 쥐 덫을 고를 때도 신중했다. 햇볕이 잘 드는 테라스에는 화분 두 개가 놓였다. 그는 화분에 물을 주고 테라스에 누워 망원경으로 보이는

바깥세상을 즐겼다. 원숭이가 나타나면 잽싸게 원숭이 퇴치용 막대기를 집어 들었고, 빗자루를 들고 쥐를 잡으러 뛰어다녔다.

크리스의 시타르는 묘한 아름다움을 풍겼다. 인도의 시타르 연주자인 라비 샹카르(Ravi Shankar)가 주문하는 악기점의 시타르라고 했다. 하루 외출을 마치면 눈부신 금빛 가운을 걸치고 시타르 연습을 한다. 하지만 크리스의 기다란 손가락은 종종 줄에 걸려 지저분한 소리를 냈다.

방 한쪽에는 전자키보드, 스피커, 메트로놈(Metronome)이 정성스럽게 모셔져 있다. 손때 묻은 악보, 쓰고 남은 달러(Dollar)와

루피(Rupee), 각종 카세트테이프가 여기저기 방안을 나뒹굴었
다. 그는 오직 카세트테이프만을 고수했고, 오래된 카세트 플레
이어를 소중히 여겼다.

아침 라가(Morning Ragas)가 울려 퍼졌다. 스피커가 지글거렸다. 크리스는 매일 아침 방 청소를 마치고, 간단한 의식을 치른다. 이른 아침, 시장에서 사온 말라 꽃을 정성스레 시바(Shiva) 신에게 바쳤다. 저녁이 되면 어김없이 저녁 라가(Evening Ragas)를 튼다. 갠지스 강의 푸자(Puja) 시간에 맞춰 거행되는 또 한 번의 의식이다. 크리스는 코코넛 향을 머리 위로 높이 들어 방 구석구석을 돌아다녔다. 가네샤(Ganesha)와 크리슈나

(Krishna) 벽걸이 앞에서도 향을 빙빙 돌리며 머리를 조아렸다.

크리스는 몸을 정갈하게 했다. 물기가 덜 마른 얇은 머리카락을 쓸어 넘겼다. 그리고 두터운 줄무늬 방석에 긴 다리를 포개고 다소곳이 앉는다. 다시 코코넛 향을 두어 개 피워 향꽂이에 꽂는다. 이내 얇은 종이를 편편하게 바닥에 깔고, 적정량의 타바코를 올린다. 그리곤 보석함에 담긴 칸나비스(Cannabis) 잎을 꺼내어 종이 위에 잘게 부수는 것이다.

크리스는 다년간의 칸나비스 애호가다. 그는 엄격한 선별과정을 거친 최상급의 칸나비스만을 취급한다. 크리스의 긴 핏줄을 타고 유독한 칸나비노이드(Cannabinoid)가 느릿느릿 흘러 들어갔다. 구식 안경테 너머 크리스의 동공이 풀렸다. 그의 눈은 나중에 안구기증을 할 거라고 했다.

크리스의 방은 보존 가치가 높다. 인도음악에 심취한 칸나비스 중독자의 고전적 취향이 고스란히 반영되었기 때문이다. 그의 방과 개인소지품에서는 진한 칸나비스향이 났다.

반역자

의문

죽음을 기다리는 구루지(Guruji)여!

저는 당신을 만나기 위해 무수한 윤회를 거치고 인내해야만 했습니다. 오, 구루지여! 오늘에야 이렇게 만나게 되다니!

당신은 며칠 전 상처투성이가 된 두 다리를 이끌고 겨우 이곳 갠지스 강에 도착 하였지요. 왜 이렇게 먼 곳까지 고독감에 눈물을 흘리며 홀로 걸어 오셨습니까? 왜 온종일 더럽고 누추한 자리에 웅크리고 앉아서 식음을 전폐하고, 태초의 밝은 빛을 이토록 무력하게 어둠에게 내맡기시나요?

당신은 얼마 전까지만 해도 인류를 구원할 유일한 정신적인 지도자로 추앙받지 않았습니까! 당신의 퀭한 눈 깊은 곳에서는 윤회의 고리를 끊을 수 있다는 기대감으로 한줄기 빛이 피어납니다. 하지만 죽음을 기다리는 구루지여! 진정 갠지스 강에서 화장이 되면, 영영 윤회의 고리를 끊을 수 있는 걸까요? 당신은 정녕 그렇다고 믿습니까? 사실 저는 이것이 정말 의문입니다.

그러니까 제 요지는, 죽음 앞에 무력한 사람들이 아주 오랜 동안 감쪽같이 속은 건 아닐까 하고 말입니다. 거짓이었던 것들이 억겁을 돌고 돌아 왜곡되어 이상한 진실이 되어버린 그런 것 말입니다.

갠지스 강에서 화장이 되어 그 재를 강에 뿌리면, 윤회의 고리가 끊어진다는 것을, 도대체 그 누가 증명한단 말입니까? 또 지금까지 그 누가 증명한 적이 있습니까? 죽음을 기다리는 구루지여! 어디 그럴듯한 대답 좀 해보시오! 허기져 정신이 혼미해진 구루지여, 정신 좀 차려보세요! 오 이런, 이제 대답할 기운도 없다니!

갠지스강 오 드 퍼퓸 Ganges R. EAU DE PARFUM

죽음을 기다리는 구루지여!

오늘은 목소리를 낮춰 조용조용 이야기를 해야겠습니다. 비밀스러운 의논거리가 있거든요. 윤회를 멈출 수 있는 유일한 방법을 발견했어요. 무언고 하니, '갠지스강 오 드 퍼퓸(Ganges R. EAU DE PARFUM)!'

이 향수를 뿌릴 때마다 윤회의 횟수가 줄다가 결국 멈춘다 이 말입니다. 하지만 제조과정이 아주 까다로워요. 고대 도시 베나

레스(Benares)의 모든 걸 담아내야 하거든요. 주원료는 밝힐 수가 없어요. 소수의 뱃사공만이 알게 되겠죠. 음, 보세요. 갠지스 강은 정말 사람을 압도하지 않습니까? 감정의 동요를 순식간에 불러일으키지요.

수많은 사람들이 갠지스의 품안에 모든 걸 내맡깁니다. 하지만 저 강이 얼마나 견딜 수 있을까요? 이제 갠지스 강은 대장균이 득시글거리지요. 더 이상, 이곳에서 윤회의 고리를 끊는다는 것은 무리다 이 말입니다. 죽음을 기다리는 구루지여! 여기 모인 사람들에게 딱 한 마디만 해주시오! 이제 이곳에서 화장을 그만 해야 합니다. 하루빨리 윤회를 멈출 수 있는 구체적인 방법을 실행에 옮겨야 해요. 아, 당신의 위대한 정신이 필요합니다. 진정 당신의 지혜로운 향기가 필요합니다. 죽음을 기다리는 구루지여! 오늘로서 당신이 갠지스 강이 용인하는 유일한 마지막 사람이 될 거요. 자, 얼른 화장터에 오르시지요!

사용 후기

"치익~"

"드디어 윤회의 고리를 끊으셨지요?"

"네."

"지금…… 행복하십니까?"

"…………"

"저…… 대답을 좀…… 그래야 저희가 신상품에 대한 질적 개선과……."

"그래도 윤회를 하는 편이 나은 것 같소."

"!"

원숭이의 의중

"멍청한 여행자가 침대에 엎드려 책을 보고 있네."

"책의 노예군."

원숭이들은 갠지스 강의 모래를 물에 짓이긴 진흙을 양 볼에 발랐다.

"넌 바나나!"

"넌 브라자!"

"넌 책을 찢어!"

원숭이들은 서로 눈짓을 보내고, 열린 방으로 쓱 들어갔다.

"꺅!"

책의 노예는 읽던 책을 던져버리고 줄행랑을 쳤다.

"사사…… 삼인조 원숭이의 무차별 습격……."

후들거리는 손으로 4번 방문을 두들기며 책의 노예는 기절했다.

"원숭이다!"

모두가 방문을 열고 마당으로 뛰쳐나왔다.

"탕! 탕!"

장난감 총에서 비비탄이 원숭이를 향해 발사되었다.

"위험해!"

바나나로 얼굴을 가리며 원숭이는 외쳤다.

"협상의 여지는?"

포복자세로 책을 찢던 원숭이가 다급하게 물었다.

"없네, 얼른 방을 빠져나가세! 나가면서 사납게 이빨을 드러내. 이빨을!"

원숭이들은 비비탄을 피해 잽싸게 지붕 위로 뛰어올랐다.

"탕! 탕! 탕!…… 탕! 탕!"

맹렬한 사격이 시작되었다.

"임무수행은?"

"완벽하네. 더 이상 여행자가 여기까지 와서 책을 보는 일은 없을 걸세."

"책이라니, 말이 되는가? 무릇 길을 나선 여행자는 여행자다워야 하네. 그것이 여행자의 올바른 자세가 아니겠나?"

"그렇지. 저들은 모르겠지만, 여행자의 조예는 우리와의 결투를 통해 깊어진다네. 아까 다리를 삐끗했는지 약간 욱신거리는구먼."

원숭이들은 서로의 목에 말라 꽃을 걸어주고 축배를 들었다.

"주르륵!"

물 한 줄기가 하늘에서 떨어져 내렸다. 바닥에 쓰러졌던 책의 노예는 정신이 번쩍 들었다.

"아니, 내가 왜 여기에 누워있지? 내 책은? 비? 이런, 원숭이 오줌이잖아! 지긋지긋한 원숭이들!"

"깨어났군요. 원숭이 오줌을 맞으면 행운이 온데요."

게스트하우스의 직원이 숙소마당에 찢어진 책들을 정리하며 말했다.

원숭이들은 지붕 위에서 소란을 떨었다.

"하하, 내 오줌을 맞으면 행운이라고? 이건 그냥 내 배설물일

뿐이야. 이제야 내가 인간의 원류라는 자부심이 느껴지는군.”

“심심한데. 바나나 사냥, 어떤가?”

“좋지, 오늘 저녁의 만찬을 위하여!”

산제의 입장

산제의 특기라면, 게스트하우스를 찾아온 여행자들을 거래처 상점에 데려다 주고, 바가지를 씌우는 일이다. 어느 여행자는 가격에 신경을 쓰지 않았고, 어느 여행자는 펄쩍 뛰었다. 산제의 상술은 뛰어났고, 가끔은 여행자들이 돈다발로 보였다. 산제는 어리지만 그럴듯한 콧수염을 길렀다. 여행자들이 가격 흥정에 속고 있을 동안, 잘 다듬어진 콧수염을 매만지며 히죽거렸다.

새로운 여행자가 도착했다. 넋이 빠져있었다. 그녀는 바라나시의 미로 길에 갇혀 호된 신고식을 치렀다. 산제는 직업에 성실하게 임하였다. 오늘도 어김없이 넋 빠진 여행자를 거래처 상점으로 끌고 다녔다. 바라나시는 하루 종일 따가운 땡볕이 내리쬐었다. 어딜 가나 긴 그림자가 뒤를 따랐다.

"산제, 썸즈 업(Thumbs up)[3]!"

그녀는 음료수를 권했고, 파라솔 아래에 앉아 터무니없이 비싼 가격의 스카프를 목에 둘러보았다.

"어때? 오늘 수입은 괜찮아? 무슨 일이던 최선을 다해야해. 여행자들에게 바가지를 씌울 때에도 주의 깊게 깨어 있으라고."

산제는 그녀의 말을 유념하여 더욱 충실하게 사기를 쳤다. 여행자들을 몰고 다니며 바가지를 씌우고, 거래 상점 수를 늘려갔다. 수입이 짭짤해졌고, 드디어 병든 어머니의 병원 비용을 충당할 수 있었다. 산제는 오랜만에 크리켓(Cricket) 경기를 했다. 배트(Bat)를 들고 홀가분한 마음으로 펄펄 날아다녔다.

여행자들이 모두 숙소로 돌아오자, 게스트하우스의 철제문을 큰 자물쇠로 걸어 잠갔다. 산제는 밤마다 얇은 침대 시트를 몸에 두르고 발코니에 앉았다. 하루 종일 사기를 치고, 고된 하루에게 사기를 당하였다. 여행자들은 훌쩍 왔다가 훌쩍 가버린다. 그들의 선심도 사기다. 어느 여행객이 산제에게 『해리 포터(Harry Potter)』 책을 주고 갔다. 하지만 그는 도대체 이것이 자신의 삶과 무슨 연관성이 있는지 알 수가 없었다. 갑자기 노트북이 갖고 싶었다. 몸살이 나서 몸이 펄펄 끓어올랐다. 목구멍에서는 대낮의 타는 갈증이 솟구쳤다. 산제는 생각했다.

'나는 내일 그녀의 방 앞에 잘생긴 개 한 마리를 묶어놓을 거다. 그리고 짜이(Chai) 한 잔을 아침마다 배달해야지.'

그날 밤, 산제는 갠지스 강의 깊은 곳으로 추락하였다.

---

3) 썸즈 업(Thumbs up): 인도의 음료수

밤샘음악회

새벽 3시, 아씨 가트(Assi Ghat) 근처에서 밤샘 음악회가 한창이다. 인도의 국보급 대가들과 전통 악기가 총동원된 밤샘 음악회는 연달아 크고 작은 앙상블로 이루어졌다. 일정은 장장 5일 동안 저녁 7시부터 다음날 아침까지였다.

사람들이 가득 자리를 메웠다. 수많은 신발들이 뒤엉켜 땅바닥을 더듬거렸다. 짜이왈라(Chaiwallah)가 차를 배달했고, 간간이 다닥다닥 붙어 앉은 사람들의 소란과 자리싸움이 있었다.

시간이 지날수록 졸음을 이기지 못한 사람들이 아무렇게나 자리에 드러누웠다. 반 이상의 사람들이 커다란 숄을 뒤집어쓰고 바닥에서 잠이 들었다.

연주자들은 자신의 음악에 광적으로 심취하였다. 관객이 없는 듯 공연을 이어나갔다. 길 잃은 음률은 잠든 사람들의 요원

한 꿈을 사각사각 갉아먹었다. 꿈을 잃은 사람들은 구더기처럼 몸을 꿈틀거렸다.

오묘한 색깔이 아침을 빚어냈다. 서서히 동이 트고 있었다. 아침 라가(Morning Ragas)가 몽롱한 환청이 되어 울려 퍼졌다. 커다란 숄을 타고 하늘을 날았다. 수많은 신발들이 철새처럼 뒤를 쫓았다.

옥상

"삐거덕…… 삐거덕……."

감금되었던 사람들이 암흑세계의 모기 떼와 숨 막히는 더위를 피해 하나둘씩 문을 열고 탈출했다. 누군가의 손전등이 여행자의 속내를 비췄다.

"이쪽으로."

방에서 탈출한 사람들은 어두컴컴한 좁은 계단에 다리를 헛짚으며 옥상에 올라갔다. 옥상은 원숭이들의 거처나 다름없다. 하지만 옥상은 잠 못 드는 새벽, 여행자들의 상념을 달래주는 요람이기도 하다. 말라가(Malaga)에서 온 알레는 옥상에서 디저리두(Didgeridoo)[4]를 연주했다. 흰개미가 속을 파먹어 빈 나무로 만들어진 악기는, 원초적인 소리로 이제 막 탈출을 시도한 여행자들의 심금을 울렸다. 원숭이들도 망고 나무에 기대어 턱을 괴고 앉

아 조용히 공연을 관람했다.

일상에서의 탈출, 암흑세계로부터의 탈출…… 사람들은 끊임없이 탈출을 꿈꾼다. 그들은 무리한 탈출을 감행하고, 바라나시의 한 게스트하우스 옥상에까지 올라와 옆 사람 몰래 또 다른 탈출을 도모하고 있었다.

크리스는 영국에 두고 온 노부모와의 불화를 떠올렸다. 라비는 자신의 공허함과 불안정한 방랑벽에 대해 생각했다. 학원 강사는 미루던 이혼을 결심했고, 예비 의사는 녹록치 않은 진로를 가늠해 보았다. 요가 선생은 마침내 동성 연인과의 커밍아웃을 결심했다. 모택동은 홀로 있을 남편과 어머니가 보내 준 묵은 김치, 집에 남은 라면 개수를 헤아려보았다. 순다리는 남자친구와의 우여곡절을 떠올렸다.

음악소리가 격해졌다. 그들의 사연과 농익은 상처가 무르익었다. 도망자들의 머리 위에 수많은 별들이 쏟아져 내렸다. 별들의 암묵적인 지지가 그들의 탈출을 부추겼다.

흔들흔들 …… 갠지스 강이 요람이 되어 출렁거렸다.

---

4) 디저리두(Didgeridoo): 오스트레일리아 원주민(aborigine)의 목관 악기

옴 레스토랑 Om Restaurant

주방은 엉망이었다. 천장의 거미줄, 눌러 붙은 기름때, 한 번도 닦지 않은 싱크대, 얼룩진 행주, 낡아빠진 주방 기구들. 여행자는 주방을 보는 순간, 뒤로 주춤하며 기겁을 했다. 입맛이 뚝 떨어졌다.

"옴(Om)………… 주방에 출입할 수 있는 사람은 오직 나 한 사람뿐이오. 기대하시오! 내가 커리(Curry)를 만들면 당신은 내게 홀딱 반하게 될 거요!"

주방장은 자신에 찬 목소리로 아무 거리낌 없이 지저분한 주방을 공개했다. 여행자는 하루도 빠짐없이 식당에 들렀다. 자리를 잡고 앉아 있으면, 주방의 커튼 사이로 흰 연기가 피어올랐다. 주방장은 한줄기 흰 연기가 피어오를 때, 재빨리 냄비에 향신료를 넣었다. 자욱한 연기 속에서 찌그러진 국자를 들고 옴…… 옴…… 거렸다.

향신료 냄새가 사방으로 퍼졌다. 너덜거리는 커튼이 확 재껴졌다. 드디어 난(Nan)과 함께 김이 모락모락 나는 커리가 등장했다.

"아니! 지저분한 주방에서 이렇게 맛있는 음식이 탄생되다니!"

여행자는 혀가 데이는 지도 모르고 허겁지겁 음식을 먹어치웠다.

"옴………… 포크와 수저를 내려놓으시오."

"왜…… 왜죠?"

주방장의 근엄한 목소리에 여행자는 움찔했다.

"나의 음식은 장애물을 용납하지 않아요. 모독이죠. 저기 작은 세면대가 보이죠? 손을 깨끗하게 씻고 오세요."

여행자는 식당 안에 덩그러니 놓여 있는 세면대로 향했다. 두어 사람이 앞서 손을 씻고 있었다.

"자, 오른손으로 천천히⋯⋯ 옴⋯⋯⋯⋯."

주방장은 새로 만든 음식을 내왔다.

"단 한번이라도 당신의 오른손에 대하여 진지하게 생각해 본 적이 있소? 손의 모양, 온도, 손가락의 움직임, 손톱, 손금, 마디, 지문 ⋯⋯ 수많은 일들을 가능케 하는 당신의 오른손에 대해서

말이오."

여행자는 자신의 오른손을 물끄러미 바라보았다. 주방장은 포크와 수저를 들고 주방의 커튼 뒤로 유유히 사라졌다.

여행자의 테이블은 떨어진 음식물로 금세 지저

분해졌다. 손가락 마디 사이로 커리가 흘러내렸고, 고개가 정신 없이 손을 따라갔다. 하지만 각기 다른 향신료의 미세한 차이를 알아차릴 때쯤, 몸의 흔들림 없이 식사가 가능해졌다.

옴 레스토랑은 다양한 커리를 선보였다. 여행자는 오른손을 걷어붙이고, 매일매일 식탁 위의 쾌락에 빠져들었다. 이젠 양고기가 손가락에 닿는 순간, 얼마나 삶아졌는지도 단번에 알아차렸다.

"흠, 당신의 기막힌 요리 비결이 뭐요?"

여행자는 능숙한 손놀림으로 난을 쪼개어 커리에 살짝 담갔다.

"오른손에 대한 깊은 성찰, 옴…………."

아닐의 레코드 가게

누구든 길을 나서면, 아닐의 가게 앞을 지난다. 샛길은 없고, 정해진 운명 같은 길 위에 아닐의 레코드 가게가 있었다. 비좁은 골목길은 레코드 가게에서 흘러나오는 음악소리로 미어졌다. 화장터로 향하는 시체의 행렬이 분주했다.

"람…… 람…… 람."

주황색 천을 두른 망자가 좁은 길을 가로막았다. 그녀는 레코드 가게 안으로 떠밀려 들어갔다.

"나마스떼(Namaste)! 당신을 기억해요. 며칠 전 이 길을 지나가다 소똥을 밟았었지요?"

아닐은 반갑게 인사를 건넸다. 그는 무료함에 빠진 외국인에게 새 음반을 소개하고 있었다.

"이건 티베트(Tibet) 쪽의 명상 음악이에요. 들을 만하죠. 이

건 자키르 후세인(Zakir Hussain)의 타블라(Tabla) 연주죠. 아, 이
건 요즘 상영하는 〈칼호나호(Kal Ho Naa Ho)〉라는 영화 음악이
에요. 영화는 아직 못 봤죠."

"영화 제목은 무슨 뜻이죠?"

"내일은 늦으리라는 뜻이에요."

'그래, 내일은 늦는다!'

〈칼호나호〉 앨범을 사들고 게스트 하우스로 돌아온 이후, 그
녀는 길을 오가며 과일이나 간식거리를 통행료처럼 아닐에게
건넸다. 그럴 때마다 아닐은 새 음반을 여러 장 빌려주었다. 그
녀는 게스트 하우스로 돌아와 새 음반을 마음껏 듣고, 특별히
마음에 드는 앨범은 인터넷 카페에서 복사를 했다. 그리고 아닐
에게 음반을 돌려주면서, 앨범에 관한 의견들을 두서없이 들려

주었다.

어느 날, 그녀는 세계 음악을 소개하는 라디오 방송에 게스트로 출연을 하게 되었다. 그녀는 오래 전 기억을 떠올려 아닐의 레코드 가게와 그가 추천해준 앨범들을 소개했다.

"이번에 소개해 드릴 음악은 당시 인도에서 대중적으로 사랑을 많이 받았던, 볼리우드 영화 〈칼호나호〉 앨범에 수록된 곡입니다. 들으실 곡은 주제곡인 〈칼호나호〉입니다……."

녹음실의 전광판에 작은 불이 꺼지고, 스피커에서 음악이 흘

러나왔다. 헤드셋(Headset)을 벗었다. 좀먹은 기억들이 전파를 타고 어딘가로 퍼져나갔다. 그녀는 손전등을 챙겨 바라나시의 좁은 길을 따라 작은 음악회에 가는 길이다.

"나마스떼! 당신을 기억해요. 며칠 전 이 길을 지나가다 소똥을 밟았었지요?"

아닐은 정확히 기억하고 있었다. 그녀는 며칠 전, 몇몇의 여행자들과 시타르(Sitar) 공연을 보고 돌아오는 길에, 아닐의 레코드 가게 앞에서 커다란 소똥에 한 발이 푹 빠졌었다. 음악에 푹 빠지고, 소똥에 푹 빠졌던 시간들이 거침없이 길 위를 달렸다.

바라나시의 비좁은 골목길에 아주 작은 레코드 가게가 있다. 샛길은 없고, 정해진 운명 같은 길 위에 아닐의 레코드 가게가 있었다.

그녀의 인사

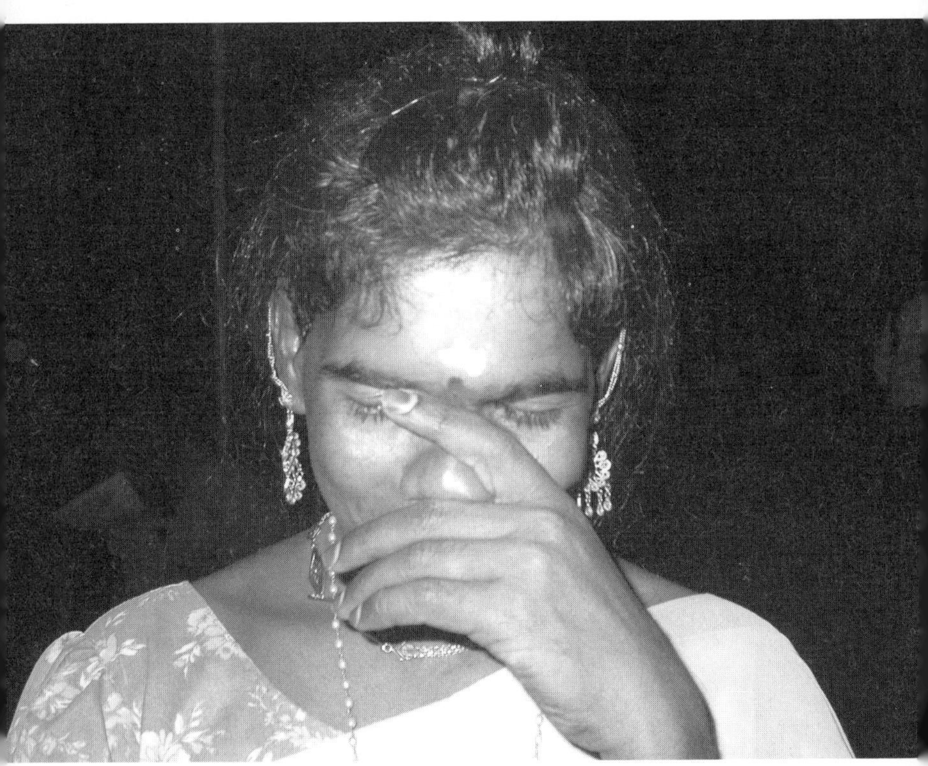

: 압 케세 헤?   How are you?

그녀: 메 아치 후-ㅇ   I'm fine.

우리는 각자 다른 목적으로 갠지스강을 따라 걸었지. 우리는 참으로
같은 사람인데, 참으로 다른 곳에서 참으로 다른 인생을 살다가 어느 날
문득 마주쳤지. 과연 누구의 인생이 더 아름답고 나은 인생이라고 말 할
수 있을까? 인도(印度), 그 엄청난 다양성에 경의를 표하며. 2004. 2. 26

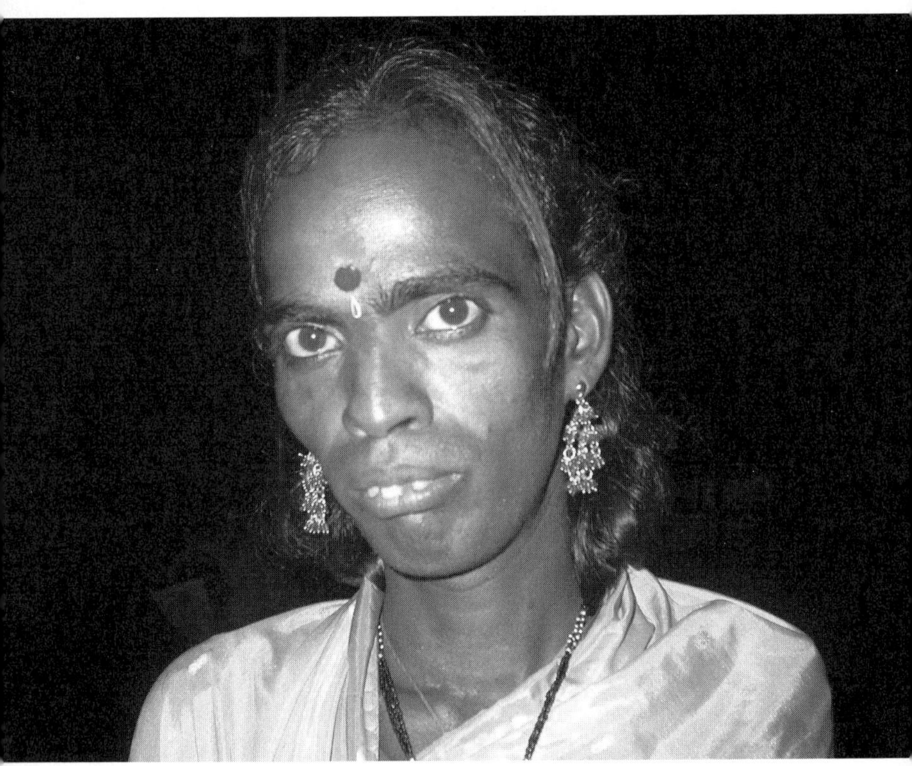

여장을 한 인도의 남자들

펼쳐진 손가락

달리는 기차 안, 짜이를 마신다. 세 잔 째다. 첫 번째 잔은 손에서 잘 떨어지지 않았고, 두 번째 잔은 약간의 시간이 흐른 뒤 손에서 떨어져 나갔다. 하지만 세 번째 잔은 바로 기차 밖으로 나가 떨어졌다.

'그래! 다음엔 바나나.'

"으악!"

창밖으로 내던졌던 바나나 껍질이 다시 기차 안으로 들어와 졸던 사람의 얼굴에 찰싹 달라붙었다.

'이런! 손가락을 완전히 폈어야 했는데.'

버리는 연습중이다. 이것은 손가락이 바라나시에 온 목적이기도 했다.

"하나 둘 셋, 둘둘 셋, 셋 둘 셋, 쉬고…… 하나 둘 셋, 둘둘 셋, 셋 둘 셋, 쉬고……."

손가락은 '버리기 리듬'에 맞춰 천천히 손가락을 오그렸다 폈다 했다.

손가락의 하루 일정은 무척 바빴다. 기차역 주변의 쓰레기더미를 답사하고, 어떤 것이 진짜 쓰레기인지 구분하는 법부터 알아나갔다. 그리고 쓰레기더미 옆에서 좋아하는 물건을 쥐었다 놓았다 하면서 버리기 연습에 열중했다.

"하나 둘 셋, 둘둘 셋, 셋 둘 셋, 쉬고…… 하나 둘 셋, 둘둘 셋, 셋 둘 셋, 쉬고…… 이크, 다시!"

"하나 둘 셋, 둘둘 셋, 셋 둘 셋, 쉬고…… 하나 둘 셋, 둘둘 셋, 셋 둘 셋, 쉬고……."

손가락은 그을린 얼굴로 쓰레기더미를 바라보았다. 고된 연습에 진땀을 뺐다.

손가락은 깃털처럼 가벼워졌다. 펼쳐진 손가락을 창밖으로 내밀면, 바람은 손가락 끝을 살며시 잡고 어디든 원하는 곳으로 이끌었다.

'후훗, 기차표는 이제 개나 주라지.'

손가락은 황홀했다. 바라나시에 정전이 되면, 손가락은 발코니로 나가 나지막이 노래를 불렀다. 바람이 오기만을 기다렸다.

"휘잉~ 타지마할(Taj Mahal)의 쓰레기더미를 보고 싶다고 했지?"

　잠시 후, 손가락은 쓰레기더미로 둘러싸인 움푹 파인 길을 걸었다. 첫 번째 손가락은 환하게 웃으며 즐거운 추억을 회상했고, 두 번째 손가락은 고통을 끄집어내어 깊은 슬픔과 좌절감을 상기시켰다. 세 번째 손가락은 독특한 재능과 희망찬 미래를 찬탄했고, 네 번째 손가락은 탄생과 죽음, 유한과 무한을 운운했다. 다섯 번째 손가락은 아무 말 없이 펼쳐진 손가락의 심장을 겨냥했다. 신은 왜 다섯 개의 손가락을 만들었을까? 손가락은 오열했다. 지나온 길 위에 켜켜이 쌓인 감정의 부산물 더미가 보였다. 서서히 손가락을 폈다. 손가락을 좍 펴고 모든 걸 내던지기 시작했다. 타지마할의 쓰레기더미에 깊은 감명을 받은 손가락은, 오늘 여정에 대한 감상문을 정신없이 써내려갔다.

　'…… 아그라(Agra)에 도착했다. 하얀 건축물과 어우러진 쓰레기더미의 풍광은 놀라웠다. 냄새는 역했지만, 쓰레기더미 위로 타지마할이 장난감처럼 작게 보였다. 마차가 눈먼 관광객을 태우고 멀어져 갔다. 아무도 이쪽으로 오지 않았다. 소들이 쓰레기더미 위에 올라가 잠을 청했고, 개들이 행복에 겨워 맘껏 뒹굴었다. 파리 떼와 돼지들이 몰려와 즐겁게 뛰어 놀았고, 염소들이 발랄한 인사를 건넸다. 얼마나 행복한 기운으로 가득하던지! 나는 떠났다. 앞만 보고 걸었다. 뒤돌아보지 말아야 했기에 잘은 모르겠지만, 잠시 후 거대한 쓰레기더미 위에 홀가분한 무지개가 떠올랐을 것이다. 타지마할은 들어가 보지 못했다.'

마침표를 찍는 순간, 손가락은 두 주먹을 움켜쥐고 고함을 질렀다. 손가락의 출세작이 될 것이 분명했다. 그때, 어디선가 '버리기 리듬'이 흘러나왔다.

"손가락, 네가 뭔가를 쓸 때가 가장 안 좋은 자세야. 손끝에 힘을 주고 하루 종일 손가락을 오그리고 있잖아!"

'아, 안돼. 제발……'

"하나 둘 셋, 둘둘 셋, 셋 둘 셋, 쉬고…… 하나 둘 셋, 둘둘 셋, 셋 둘 셋, 쉬고……."

손가락은 입술을 지그시 깨물며 손을 떨었다.

'분리수거를 해야 할까?'

단언컨대 가벼워야한다.